비자나무
숲에서

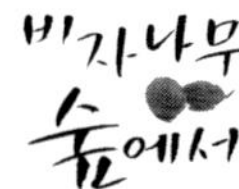

초판 인쇄일 ｜ 2006년 1월 20일
초판 발행일 ｜ 2006년 1월 25일

지은이 ｜ 이성룡
발행인 ｜ 박정모
발행처 ｜ 도서출판 혜지원
등록 ｜ 제9-295호
주소 ｜ 서울시 동대문구 장안1동 420-3호
전화 ｜ 02)2212-1227 / 02)2249-7975
팩스 ｜ 02)2247-1227

ISBN ｜ 89-8379-423-2 03810
정가 ｜ 6,000원

잘못 만들어진 책은 구입한 서점에서 교환해 드립니다.

이성룡 시집

비자나무 숲에서

혜지연

얼떨결에 시를 발표한다고 하면 손가락질 참 많이 받을 것이다.

시인이고자 한다면 자신과 세상에 대해 진지한 성찰을 하고 그러한 작업의 소산물을 묶어 자랑스럽게 내놓고자 하는 것이 시인의 욕구이고 존재 방식일 것이다.

나는 시인으로서의 존재 방식을 나름대로 쓴 시들을 묶어서 보여주는 것에 집착하고 있었던 것 같다. 시가 존재해야 할 근원적인 이유에 대해 고민하지 않은 것은 아니나 그간의 노고로 얻은 고뇌의 흔적들을 보여줌으로써 시인으로서의 존재를 확인받고자 하는 욕구가 강했던 것을 숨길 수 없다. 원고를 출판사에 보낸 뒤 거울을 한 번 더 보고 나서야 내 못난 새끼들이 불쌍하게 여겨졌던 것이다. 그러나 오래 망설이지 않았다. 못난 새끼들도 자신에게 꼭 알맞은 세상의 거처를 차지하는 모습을 흔히 볼 수 있으므로.

이 시집은 나의 철학이나 사상의 저장 공간이 아니다. 길을 걷거나 놀거나 골똘히 생각하다가 우연히 발견한, '세상을 살아가는 장면'일 뿐이다.

그러기에 세련미나 깊이보다는 우리가 언젠가 한 번 보았음직한, 또는 지금 생각하고 있음직한 것들에 대한 재생이나 환기성이 강할 것이다. 언제일지는 모르나 다음에는 농밀하고 완성도 높은 시집을 들고 나타나야겠다.

2006년 1월
이성룡

제1부 **비자나무 숲에서 사리를 줍다**

차례

제2부 **먼 길 가는 이에게**

차례

제4부 **소통과 불화**

제1부

비자나무 숲에서
사리를 줍다

봄빛 푸르러

피의 순환을 끝낸 억새잎들은
저의 생이 아직 빛나는 듯이
겨우내
산야를 두루
마실 도는 것이었는데

생과 사의 경계에서
산 뿌리와
죽은 잎은
아직 할 일이 남았다는 듯이
손을 꼬옥 잡았던 것인데

푸른 피의 기폭들이
야생마처럼 산야를 뛰놀 무렵에야
산 뿌리와
죽은 잎은
조용히 손을 놓는 것이다

가을비

남쪽 나라
뒤바람 불기 전에
서늘히 비가 내리고
다산한 나무들이
산후조리를 하고 있다

빛의 은총을
달게 받던 것들은 지고
비는 하염없이
나무의 빈혈을
거두어 가는 것이다

한 두레박쯤이면
휴식이 달콤하겠다는 듯이
또 한 양동이쯤이면
거뜬히 겨울을 나겠다는 듯이
나무는 흥건히 젖는 것이다

나목(裸木)

나무가 경련을 일으킨다
진한 사랑이 끝나고
붉은 입술을 닦으며
나무는 허전한 것이다

신록을 지나 단풍 드는 동안
생의 빛나는 한 때를 보내고
나무의 실핏줄은
저의 매력을 바람에게 맡기는 것이다

이제
기억할 것은 없다
잠드는 것뿐

버리고 간 뒤
또다시 초록으로 태어나는 것은
먼 잠의 망각이
무심코 물을 끌어당기는 일이므로

비자나무 숲에서 사리를 줍다

금탑사*에 가면 생불이 있다
오르는 이, 내리는 이를 불러 세워
산나물에 보리밥을 권하는
누님, 누님들

중생의 보시는 한가롭고
비구니의 공양으로 산사는 시장기를 면하는데
더덕, 둥글레는 달이 차서
산고를 겪고 있다

상속받은 유산이 모자랐던가?
분 한 번 바르지 않은 절은
원효의 가난한 여식들을
생불로 모시고 있다

저녁놀에 가을산이 불붙을 무렵
산사의 순결이 자비롭게 뿌려지면
중생들은 비자나무 숲 속에서
사리를 줍는다

---

* 전남 고흥 천등산(天燈山)에 있는 절. 원효가 창건하였는데 단청
  을 하지 않았으며 비자나무 숲을 거느리고 있어 인심 좋은 비구
  니들의 마음만큼이나 향기롭다.

나무가 놀고 있다

문예회관 뜨락에서
나무가 놀고 있다
오후의 햇살을 끌어 모아
색동옷 입히기 놀이를 하고 있다

가을나무는
비행기를 날리고
돛 없는 배를 띄우고
유음의 언어로 노래하다가
읽어도 마음 아프지 않을
편지를 흩날린다

나무는 가을에
하나도 서럽지 않다
아이들을 데리고
그저 놀고 있다

폐가

늙은 기와지붕 위
가녀린 풀이
초연히 금관을 썼다

무성한 잡풀들은
빈 마당을 무혈입성하고
산개한 거미들이
성의 옆구리를 동여매고 있다

소소리바람이 일 때마다
금의환향 깃발이 나부끼고
고토 회복을 노리는 군마 소리가
대숲에서 아득한데

어둠 속에서 눈들이 일어난다

　빛의 생명들이 어둠 속에 자신을 고요히 맡길
즈음 잘 발각되지 않던 눈들이 일어난다 어둠 속
에서 일어난 눈들은 그들에게 한 번도 경의를 보
이지 않던 것들을 향하여 시선을 집중한다 김치냉
장고에서 걸어나온 푸른 눈은 빛의 다섯 생명 가
운데 막내 '예다'를 어루만지다가 넘어져 하마터면
고요와 그 고요로부터 비롯된 눈들의 나들이를 송
두리째 잃어버릴 뻔하고 노란 눈을 가진 전자모기
향도 관심이 뒤질세라 여러 갈래의 꿈길을 조심스
레 거닐며 경계를 늦추지 않는다 붉은 눈을 끔벅
이던 휴대폰 충전기는 언제부턴가 푸른 눈을 뜨고
그 고요한 밤을 뜬눈으로 지새는 것이다
　빛의 소멸과 함께 부활한 눈들은 빛의 부활과
함께 소멸되기까지 저희의 존재를 까마득히 잊은
식구들의 안녕을 위해 주연으로 빛나는 잔치를 벌
이리라 이따금 귀뚜라미의 몽유에 놀란 현관 조명
등의 잠꼬대만 아니라면

수국

민낯의 단발머리 소녀들이
울 밑에 모여 앉아
살포시 소곤거리고 있다

햇살이 볼을 어루만지고
미풍이 머리카락을 쓰다듬을 때마다
실핏줄이 터질 것 같다

몽어리 맺혀
푸르딩딩한 통증이
몽환 주사처럼 잽싸게 번진다

시름겨운 사람 하나
푸른 순수 앞에
잘못 섰다

발의 추억

겨울잠 일찍 깬 물뱀같이
똬리를 틀다가 풀다가
거실 깊숙이 들어온 햇살에 손목을 잡혀
운동화 끈을 느슨하게 맨 날이었네

문예회관 뒤뜰에서
쓸쓸한 악보처럼 낙엽이 날리고
뒷산 개옻나무 단풍이 부를 때
운동화 끈을 조이고 나는 산으로 갔었네

구절초 쑥부쟁이 조밥나물
산감나무 굴참나무 충충나무
그 친숙한 것들과 놀다가
간신히 숲의 꼭대기에 이르러 보았네

서쪽 하늘에 모여 타오르는 가을잎들을
이제는 어떤 화재진압도구로도
내 몸의 불을
끌 수가 없네

고가도로 아래의 풍경화

해에게서 온 시간이
땀을 흘리며 녹아내리는 동안
자동차들이 수 억년의 검은 화석을 밟고
욕정의 관문을 통과한다
그렇게 여름이 지글지글 익어가는 사이
빈 마을에 채워진 체감온도가
납작하게 드러누워 애액을 발산하는데
고가도로 아래에서
할머니들이 종자 마늘을 까고 있다
이 비릿한 정열의 시간이 지나
어느 분주한 시기에 뿌릴 육쪽 마늘을 쌓아두고
할머니들이 시간을 쪼개는 것이다
이따금 찐 고구마 껍질을 벗기고
삶은 옥수수를 갉아먹는데
옥수수 알인지 체념한 이빨인지
누런 파편이 또르르르 굴러간다
그래서 또 웃고 떠드는 사이에
쪼개놓은 낱개의 시간들이
광주리에 차곡차곡 저장되고 있다

신선바위 아래 송내가 흐르고

신선바위에 달빛 은은히 내리면
조무래기 신선과 선녀들은
송내 서늘한 물 속에서 첨벙거렸지
송사리 은어 떼처럼 파닥거릴 때마다
달빛이 송내에 출렁거리고
천변에 가설극장이 서는 날에는
주인공으로 가슴이 설레었지
그런 유쾌한 시절이 가고
청운을 품은 신선과 선녀들은
은어 송사리 떼가 사라진 때를 맞춰
송내에 비린내를 남기고 떠났지
봉천동이나 가리봉동
산수동이나 사하구 어디쯤에서도
신선바위 아래 송내가 흐르고 있을까
그 조무래기들 여전히 분방하게
세상의 물에서 멱을 잘 감고 있을까
칡덩굴이 신선바위를 기어오르고
중금속이 마른 송내를 점령하는 동안에도
기억 좋은 단풍은 해마다 찾아오는데

여름 풍경화

이빨 서너 개 난 아이와
이빨 서너 개 남은 노인들이
사장나무 그늘에서 놀고 있다
마을이 나른하여
입을 굳게 다문 여름 오후
걸음을 배우는 아이와
걸음을 잘 못 걷는 노인들이
좁은 평상을 넓게 쓰면서
골목을 마구 간지럽힌다
아이가 장난감들을 따라 놀고
노인들이 장난감을 데리고 노느라고
마을이 낮잠을 깨는가 싶더니
산그늘이 등을 떠민다
그리운 저녁연기도 없는,
맛난 냄새도 새어나오지 않는 골목으로
여운이 길게 흩어지고 있다

장마가 끝나고

장마가 세상을 손질하는 동안
오래된 먼지들은 저지대로 침수하고
미확인 미물들이 베갯잇을 스멀거렸다

휴식처럼 간간히 쭈뼛거리던 해가
이윽고 요염하게 발가벗은 날
해방의 거리를 무작정 걸었다
손치과 골목을 도는데
숨이 멎었다

목욕바구니를 든 여자가
해에게서 얻은 붉은 물감을 바르고
그 뜨거운 해를 나에게 먹였다
비에 씻긴 머리카락이
뺨을 간질이는 찰나
해에게도 향기가 있다는 것을
혼자 비밀스레 음미하였다

동행한 누군가로부터
산이 참 맑다고 한 말을 들은 뒤로도
한참동안 해를 우물거렸다

외출

사뿐히 방문을 여닫고
선선한 마루를 애벌레같이 내려
다정한 토방과
남새와 병아리 어울리는 마당에게
고루 눈길을 주고
희미한 문패를 아내처럼 믿고
골목길 돌아돌아
낯익은 것들의 새로움에 이끌리다가
동구 밖 나무 그늘에서
수고로운 부채 신세를 잔뜩 지고
넓은 벌 황토를 밟으며

걸어가는 꽃

꽃들이 걸어가네
지상의 선행을 마친 꽃들이 우루루루
바람의 행선지를 따라서
가다가 쉬고 쉬다가 가네
꽃들이
한때 가지에서 찬란하던 것들이
겨우 한 길 안팎으로 추락하더니
봄바람에 부활을 하네
누구나 저와 같이
몸을 다 내어준 뒤에도
숱한 눈길에 오래 담겨
시선이 미치지 못하는 곳까지
아름답게 사라질 수 있을까?
마지막까지 존재의 시위를 하는
꽃들과 같이

폭설

저것 봐!
인간들이 후퇴했어
쩔쩔매는 꼴을 보라고
사냥총이랑 골프채가
숨을 죽인 채
겁에 질린 표정을 보라고
마을들이
길들이 차들이
흰 눈에 포위되었어
저것들도 두려운 게 있구나
저것들도 힘이 부칠 때가 있구나
이 자유의 설야를
이 해방의 골짜기를
멀리서
바라보고만 있다니

나로도

바다로 간 사내들이
바다와 정을 통해 얻은,
누구의 씨앗인지 모를 섬은
박복한 여인의 타성바지 딸들처럼
처량하게 고운데

바다 사내들이
삼치 떼를 몰아 돌아오는 동안
만삭의 어머니는 그새 또
꼭두녀 사자바위를 낳고
해변에서 몸을 풀었다

바다는 저의 처량한 새끼들을
가만가만 달래주었는데
배 닿는 곳마다 자라던 사내들의 꿈은
봉래산* 용송龍松에 스며들어
승천을 기다려 왔다

그 세월 동안 해산을 미루던

---

* 봉래산은 나로도우주센터 부근에 있는 산이고, 용송은 봉래산에
  서 하늘로 승천하는 용의 전설을 가진 소나무이다. 그런데 나로
  도우주센터 건설 중에 죽었다.

바다는 또 진통을 심하게 하던 참인데
용송은 그만 꿈을 접어버리고
그예 바다의 치마폭에서는
로켓이 불쑥 고개를 내밀었다

한강의 역사

광야를 달리던 곧선 사람들은
이곳에 와 목을 축이고 멱을 감았으리라
산열매를 따고 수렵을 하던
그 덜 된 사람들은
이곳에 와 사람이 되려고 몸부림쳤으리라

암사동에서 구운 빗살무늬토기에
퇴적지에서 수확한 곡식을 넉넉하게 담고서
강물로 목을 축인 대지의 일꾼들은
우우우 우우우우
한바탕 신나는 잔치를 벌였으리라

잘못 들어온 당나라 병사가 군화를 씻고
초원의 기마병이 때를 벗고 가기 전까지는
임진년 병자년 이놈 저놈 깝죽거리고
일제 미제 강제점령하기 전까지는
한강은 사람을 위한 사람의 강이었으리라

유람선이 호화로운 나들이를 하는 동안
오늘 한 사람이 또 목숨을 버렸다
돌도끼도 청동검도 잃어버린 사람들이

희망 없이 투신자살 명소에 와서
맞지 않은 신발을 벗는 것이다

먼 길 가는 이에게

끝내 등을 보이는 당신
나에 대한 염려를 잊지 않으십니다만
먼 길 가는 당신이 걱정스럽습니다

내 곁에만 맴돌던 당신
신발이 너무 닳았습니다
그 신발 수선하는 동안
잠시 거기 서있으면 안되겠어요?
나만 바라보다가 사시가 된 당신
그 눈 치료하는 동안
내 눈 안에 머무르면 안 되겠어요?

외투에 묻은 머리카락이며
머리카락에 밴 숨결이며
견고히 자리한 기억의 세포들까지
당신에게 남은 나를 지우는 일은
먼 길 가는
당신을 위한 것입니다

그러나 이런 일은 처음이라서
손이 떨리고

눈이 흐린데
조금 오래 걸려도 되겠어요?

사모하는 마음

향단이라고
이도령보다 방자를 더 좋아했겠어요?
방자라고
춘향이보다 향단이를 더 좋아했겠어요?

당신은 나를 거들떠보지 않습니다만
나의 눈길은 준마 옆에서
당신의 모습과 소통하고 있습니다
당신은 따로 열중하는 것이 있고
나는 짐짓 모른 체 하지만
그 배경에 기꺼이 끼어든 것이
당신의 사랑을 위한 것이겠어요?

나는 내일도 주저 없이
그 배경에 서서
당신의 향기만 선별할 터인데
내 마음 또 들뜨지 않겠어요?

첫사랑

첫사랑은 아름다운 추억
등을 돌리고 돌아와
더 아쉬워할 일은 아니다
거리에 나부끼던 사랑의 구호와
만인이 부러워하던 포옹은
한때의 미숙한 불장난
온돌처럼 따스했던 미소와
오래 감미러웠던 입김을
다시 그리워한다는 것은 불륜이다
첫사랑은 눈이 멀어서 아름다운 것
그 사랑 끝나고도
더 끈적거려야 할 의무는 없다
이제 혀끝에 맴도는 찬가를
첫사랑의 차디찬 권력 앞에서
함부로 부르지 말아야겠다

고해성사

겨울에 만나 따뜻했던 우리는
누구의 시가 맛있다거나
어떤 음악이 향기롭다거나
그런 이야기만 수줍게 했었지요
그런데 그만
봄비에 밤꽃 무참히 떨어지던 밤
이 근심어린 손으로
당신의 미열을 내리게 하다가
살 냄새를 맡고 말았어요
벌하소서

그의 발음기관

그에게서 나는 산수유 향기를
나는 귀로 듣네
그의 흰 살이 미풍에 실려
배꽃처럼 떨리는 것을
나는 귀로 듣네
그의 붉은 혀에서 나온 감미료를
나는 귀로 듣네
가을 강 속 갈대의 무릎만큼 아픈
그의 깊은 울음을
나는 귀로 듣네
잔 털 실핏줄까지 전용회선을 두고
내 귀와 소통하는
그의 예민한 발음기관들을
가만가만
몸으로 만져보네

옷장 속에 있는 당신

당신이 거기 있을 줄 몰랐습니다
붉은 입술 반짝이는 눈으로
웬일이냐고 묻는 당신입니다
옷장을 닫고 오래 외출한 사이에
시나브로 잊혀진 당신은
거기 가만히 있었던가 봅니다
당신을 영 찾을 수 없으리라던 나의 염려는
이제 버려도 좋을 것 같습니다
시간은 멈추게 하고
기억은 차곡차곡 개켜 놓은 당신
조용히 빠져나간 몸을 기다리면서
허물에 영혼을 불어넣은 당신입니다
아마 한 십년쯤 지나면
당신은 또 그만큼 더 젊어져 있겠지요
이제 알겠습니다
무엇이 새로워진다는 것은
등 너머로 가는 길에도 있다는 것을

날개옷

당신이었군요
내 날개옷을 가져간 사람은

겨드랑이가 가렵던 시절
날개옷 한 벌 지었으나
당신을 만난 뒤
까마득히 잊었습니다

한 번 날 수만 있다면
추락이라도 할 수 있다면

가끔
어쩌다 가끔
날개옷을 입고 싶었습니다만

괜찮습니다
이제 그 옷이 아니라도
날 수 있겠습니다
벌거숭이로도
당신과 함께 날 수 있겠습니다

이런 날이 있을 줄을

지나간 절망의 연대에
청춘을 함부로 쓰고 와
그대 안에 수줍게 파고드는데
빛나는 훈장으로 받아주는 이여

만인을 사랑할 적에 한 가지도 얻지 못하여
관념 속에 피난하였던 사랑은
그대를 만나 붉은 눈을 뜨고
한사람으로부터 만 가지를 얻을 줄을

세상의 이름 가진 것들을 사랑하는 일과
그것들과 더불어 사는 일이
이루기 힘든 아픔으로 새겨질 때
고독한 사람 하나 건지는 이여

그대와의 늦은 사랑은
마른 뜨락에서 초롱한 꽃으로 피고
만 가지 시름이 한 송이 꽃 속에서
만 가지 사랑으로 피어날 줄을

새로 근심을 안고

검은 바람이 불고
배롱나무 꽃잎이 몸서리를 치는 날
가냘픈 당신에게로 갔다가
그냥 돌아오고 말았어요
당신은 화사하고 문은 견고해서
탈 없이 한가로웠지요
무엇이 당신을 위하여
세상의 뜬금없는 비바람조차 자게 하는지
고개만 갸웃거리며 돌아왔어요
언제쯤 이런 나의 근심이
당신에게 긴히 소용될 수 있을지
또 큰 근심을 안고 돌아왔어요

실어증

당신을 만나고 온 뒤
꼭 병원에 다녀오려고 했어요
당신을 만나면 도지는 병이라서
완치를 한 뒤 만나려던 것인데
조급증을 합병증으로 거느리고
오늘도 그냥 만나고 말았어요

당신을 만나고 온 뒤
꼭 병원에 다녀왔어야 했는데
아흔아홉 마디 말을 마치고
잃어버린 한 마디 말을
꼭 찾아왔어야 했는데
오늘도 기억해내지 못하겠어요

당신을 만나면
당신을 만나면 일상의 언어만
꽃씨처럼 가볍게 날아갔다가
먼지처럼 내게로 다시 내려앉아요
병원에 가기 두려운 나를
오늘은 당신이 치료해주시겠어요?

목련꽃

비가 오고
바람이 불자
새들이 모가지를 떨구었다
순결한 사랑은
너무 무거워서
그 사랑 끝날 때는
벚꽃처럼 흩날리지도
배꽃처럼 구르지도 못하는 것
전장의 시체같이
참혹하게 누워 썩어가는 것이다
그러나 다만
남은 사랑 몇 송이
흰 새가 되어
비상을 꿈꾸는 것이니

겨울산의 진달래

사랑하는 이 없이 홀로
겨울 해찰 심한 추위를 만나면 어쩌나
해마다 동해를 입던 불안이더니
겨울 안산案山에 진달래 만발하여
무척 따사롭습니다
누군들 이런 하늘의 뜻을
눈치 채고 믿기나 할까요
가녀린 햇살에 몸 녹이는 꽃잎을
어루만지며 재미난 사연이
누구에게 탄로나 날까요
이 기적을 숨길 수 없었더니
마음 온통 그대에게 있는 나를 두고
사람들은 부러운 입방아로
봄이 한창이라고 하는군요

너의 감언이설

감언이설을 듣고 싶다
붉은 혀에서 감미롭게 흘러나오는
희망의 언어를

한때
너로부터 수혈 받은 피는
아직 모세혈관을 따라 돌고 있으나

미해독 신호들이
심장과 모세혈관 사이에서
잡음을 전파하고 있다

꼬드겨다오
꿈틀거리는 혀로 귀를 후비고
예리한 이빨로 심장을 베어다오

찰나일지언정
너의 감언이설에
흥분하여 죽고 싶은 것이니

연인이 되기까지

다정한 연인이 되기까지
열 번 찻집에 드나드느니보다
한 번 여행을 떠나는 것이 낫다
신비로울 뿐인 그를
현실로 데려오는 것이므로

다정한 연인이 되기까지
한 번 화려한 여행을 떠나느니보다
열 번 새로운 여행을 하는 것이 낫다
처음 디뎌 선 그곳에서
새로운 연인이 될 것이므로

다정한 연인이 되기까지
편안한 여행을 하느니보다
힘든 여행을 하는 것이 낫다
그가 꼭 내 곁에 있어야 함을
내가 꼭 그의 곁에 있어야 함을
몸짓으로 느낄 수 있으므로

다정한 연인이 되기까지
백 마디의 말이 필요한 여행보다
한 번의 감탄사가 있는 여행이 낫다

그의 들뜬 탄성은
그곳의 풍경에 취했다기보다는
그를 데려온 사람에게 취한 것이므로

꽃을 바침

이 꽃 아무에게나 주지 못하여
청춘과 함께 시들게 하다가
늦게 오신 당신에게 드립니다
이 꽃 당신에게 바치기 전에
아흔 아홉 번 되뇌이던 말
사랑한다 사랑한다 사랑한다고
차마 하지 못하여
하고 싶은 말 수수만 마디
수줍은 꽃으로 피워 고백합니다
바라건대 당신은
시든 꽃 다시 발랄하거든
날마다 내 마음 다 헤아리소서

미궁에서 끈을 놓치고

미궁에 갇혀
위태롭게 마주 잡고 있던 끈을
그가 놓았네
끈에 실려 오던
그의 오로라 빛 목소리
미궁을 밝히던 눈빛은
손가락의 전율을 거두어갔네
테세우스였던들
눈이 미치지 못하는 곳에 있는 그를
다시는 찾지 못하리
그러나 아린 쾌감 때문에
나는 좀 더 오래
미궁에 머물러야겠네
언젠가 다시 맛볼
팽팽한 긴장의 순간을 위해
이 흐물한 끈을 잡고 있어야겠네

그를 기다리는 동안

그를 만나기로 한 때
겨울밤 일곱 시
나의 시계는 멈추어 있다
그는 올 것이다
그는 꼭 올 것이므로
그가 올 때까지
기다림만이 나의 일일 뿐
시계를 볼 필요는 없다
하여 나는
석간신문을 뒤적거리거나
흐르는 노래에 유유히 떠다니다가
골똘한 생각 속에 그를 데려온다
그때에 비로소
나만의 그를 온전히 느낄 수 있다
그는 꼭 올 것이므로
그가 올 때까지
기다림만이 나의 일일 뿐

가을비 다시 내리고

차마 이럴 줄은 미처 몰라
가을의 공습을 온전히 맞고 있다
첫사랑, 그 아편전쟁이 끝난 후
상심한 거리를 헤매던 때였으리라
산탄처럼 퍼붓던 비가
머리끝에서 발끝까지 점령하여
깊이 숨은 뼈를 해부할 때쯤
내 모든 의식의 은신처도 발각 나서
가을 내내 나는 울었다
겨울이 가고 계절이 또 오가도록
가득 고인 그 가을의 비애를
퍼낼 줄 모르고 하냥 울었다
바다로 간 눈물은
무심히 가벼워서
오늘 다시 공습을 감행하는 것이나
나는 비를 피할 생각이 없다
아픔은 순환한다는 것을
우산 없이 깨닫고 있으니

비겔란 조각공원

죽은 예술가 한 사람이
살아있는 만인의 잠을 깨운다
생의 환희와 고뇌를
눈으로 확인할 수 있는가?
아직 덜 깬 실눈의 사람들은
저희에게 내장된 생의 비밀들을
비겔란 공원에 와서 묻는다

골반바지의 발랄한 처녀들은
오슬로의 귀한 여름 속에서 파닥거리고
데려가 주세요 제발
늙고 지친 기도 소리를 물고
새들은 조각상과 인파 사이를 날고 있다
그러나 예술가는 더 진지해져서
어려운 수수께끼를 늘어놓을 뿐
뭉크도 입센도
입을 굳게 다물고 있다

태생을 불문한 군상이
조각상 안으로 햇살처럼 빨려들자
무수한 표정의 비겔란이 공원을 산책한다
어깨가 무거워진 관람객들이 자리를 뜨면

역시 비겔란의 엄숙한 그림자가
문 밖으로 따라 나서는데
그림자는 좀처럼
그들로부터 떨어질 것 같지 않다
오슬로의 여름 해는 너무 경건하므로

전선이 달을 베다

이 거리를 헤맨 지 오래도록
가슴은 늘 시리고 아팠으나
달은 왜 내게
아무런 답을 주지 않는가?

불 꺼진 등기소를 지나
평생교육관 담을 스치면서
달에게 묻는다
달아!
달아! 나는 어디만큼 온 거냐?

옛 농업기반공사 골목에 이르러
물어물어 다시 묻는데,

전선이 달을 가르고 있다
달을 베어버린 전선은
이마를 베고
눈을 베고 드디어
온 몸을 무아레무늬로 쪼개버렸다

성당 쪽에서 뒤따라온 도둑고양이가
내 잔혹한 시체를 물고

담을 넘는다

항문

면도칼이 털을 밀고
습관과 함께 자란 돌기들이 도려진 뒤
소독 용구를 든 간호사가
뽀얀 얼굴을 들이밀고 묻는다
견딜 만 하신지
귀 밝은 항문은
간신히 아니라고 대답한다
인내심 많은 간호사는
내 눈과 마주치지 않고
내 귀를 의심하지 않고도
항문의 어눌한 입을 벌리고
다정히 대화를 주고받는데,
번뇌 가득한 나의 항문은
간호사의 설법에 귀 기울이며
조금씩 해탈을 꿈꾸는 것이나
아아, 나의 입은
굳게 닫혀 열릴 줄 모르니

세탁기

산다는 것은
시나브로 때를 묻히는 일이라는 것을
세탁기 안으로 들어가서야
비로소 깨닫게 되었다

세탁기 안에서
때를 빼는 동안
나는 때 잘 묻는 사람이라는 것을
혼자서 비밀스럽게 인정하였다

햇볕에 몸을 다 말리고 나니
걱정이다
가까스로 때를 벗긴 나의 외출은
어느 먼지 앉은 곳으로 가서
벗긴 만큼의 때를
더 묻혀올 것인지

고개를 숙인다는 것은

고개를 좀 들어야겠다
고개 숙이는 사이에
듬성한 머리카락이 웃음거리가 된 것을
그것밖에 보여주지 못하는 것을
이제는 참지 못 하겠다

고개를 숙인다는 것은
버리기 아까운 유산이었으나
나는 너무 많이 눌렸다
목이 유연해지는 동안
등이 휘고 귀가 너무 아팠다

고개를 좀 들어야겠다
정수리가 보이지 않을 만큼만
바보가 되지 않을 만큼만
눈자위에 힘을 조금 주어야겠다

여전히 고개를 세운 사람 앞에서
유전을 고스란히 안고 산다는 것은
나를 너무 많이 버리는 짓이다

집

퇴근하는 길
외벽에 주름살이 많이 생긴 것을
그는 석양을 통해 슬프게 보았다
가게 의자에 앉아
노을처럼 번지는 슬픔을 물끄러미 바라보던 그는
어두워져서야 집으로 들어갔다
세상에 그가 거주할 곳은
거기밖에 없었으므로

낡은 집,
오래 밟았던 마루가 삐걱거리고
문살은 연거푸 재채기를 하며 울었다
그도 따라서 울었다
그러자 집이 온통 기울고
아무렇게나 이탈한 세간들도 곡을 하였다
그가 크게 울면 울수록
집은 더욱 크게 흔들리며 울었다

그 날 이후로도 그는
집을 나섰다가 어김없이 돌아오는데
새로 손질한 벽은 한층 허름해져서
그의 습한 뼈들이 툭툭 불거졌다

이제 그의 일과는
뼈가 보이는 틈을 통해
슬픈 입사광을 청심환처럼 입 속에 넣고
오래도록 되새김질하는 것이다

소리

맨 처음 이명으로 울리던 소리는
점차 온 몸에서 새어 나온다
손가락이 갈비뼈를 지나는 순간
현악기의 가느다란 소리가 울리고
구겨진 한지 모양의 얼굴에서는
기미들이 바작바작 타고 있다

내 안에 무엇이 살고 있다
나는 그것에 대해 아는 바 없으나
우울한 불화를 듣는다
당신은 대체 누구신가요
은자의 잠은 깊고
무욕으로 가는 길은 먼데
미확인비행물체처럼 육신을 떠나는 것들은
정체불명의 불협화음으로 부활한다

짐작컨대 그것들은
지난 시절 분별없이 쓰인 것들과
미처 소용되지 못한 것들의 탄식일 것이나
기억에도 희미한 청춘의 연대기는
늙은 창녀의 탁한 음성같이
슬프고 남루하다

그것은 부질없는 독백
늙고 지친 새끼발톱이
통증도 모른 채 관심 밖으로 빠져나간 것처럼
영문 모를 흔적이다

오늘은 그것들을 불러
조용히 달래야겠다

이월의 절개지

제일병원 뒤란에서
절개지의 흙이
저의 거대한 근본으로부터
이별을 하는 것이었네

사르륵사르륵
저의 내력을 조금씩 지우는
마른 흙의 울음이었네

그런 조용한 눈물을 머금고
흙 위에 흙이 퇴적하는 동안
이월의 절개지에서는
수액조절기가 분주하였네

약한 자의 체내에서 달아나는
필요한 그 무엇과
쓸모없이 자라나는
그 무엇이 한 평의 땅에서
무심히 자리를 바꾸는 것이었네

아낌없이 버리기

이봐, 이를테면 이런 거지
윤기 흐르던 머리카락은 황야에 심었던 거야
또랑또랑하던 목소리는 휘파람새에게 주고
초롱초롱하던 눈망울은 은하에
붙여 놓은 까닭이지
탈색된 얼굴이야 꽃잎에게 물들여 주느라
그런 것이고
주름이 태백산맥처럼 역사를 쓰는 것은
비구름 쉬어가라는 것이고
발랄하던 맥박은 지나던 바람이 데려갔지
꿈은 사라져 빈털터리냐고 걱정하는 모양인데
새가 쪼아 먹고 나서 온 들에 뿌리고 있는 중이야
다 버리고 나서 세상 재미나 나겠느냐고?
버린 것들이 한사코 우르르 다가와서
감당 못하지

입질 좋은 날

노는 곳이 고작 삼급수 아니던가
이곳은 언제나 입질이 좋다
얼마나 허기졌으면
아버지가 끌려가고
형과 동무들이 사라지는 위험지대에서
거동 수상한 미끼를 내리 물까
오늘따라 입질이 더욱 좋다
아가미 뜯긴 녀석까지 걸린 것이다
갑자기 무슨 연민의 눈으로
그 미련퉁이들을 구경하는데
꼴같잖은 녀석들이 빈정거린다
너도 세상 물정 모르기는 마찬가지
빚보증으로 혼쭐나고도
허풍 거품으로 도배된 연립주택을
덥석 물지 않았느냐고

술이 내게로 왔다

시가 섬진강을 흘러가는 동안
술이 내게로 왔다*
포말로 부서진 시가 강을 정화하는 동안
고인 웅덩이의 부유물들은
스스로 부끄러움을 씻는 법을 모르더니
강의 깊이만큼 깊어지지 못하고
강의 길이만큼 흐르지 못하고
생이가래와 검정말 서식지에서
느긋하게 발효되어 내게로 왔다
고작 오륙 미터의 내장을 통과하기 위해
술은 부지런히 식도의 문을 열었다

이제는 나도 강으로 흘러가는가?
야수처럼 쏘다니던 시절
거리의 여자처럼 헤프게 따라온 책들보다
따라와 곧 화석으로 누운 활자들보다
술은 더 사랑스런 모습으로 책장 옆에 섰는데
영지, 산딸기, 회양
매화, 송화, 삼지구엽초

---

* 『섬진강』의 시인 김용택의 『시가 내게로 왔다』

내 심연을 흘러가는 것들은
경연대회나 시음회에 나온 듯이 뽐내는데
나는 정녕 저들과 함께
강으로 강으로 흘러가고 있는가?

내게도 시만큼이나 맑게 흐르고
술만큼이나 다감한 피가 있어
누군가의 가슴에 열없이 들어가서
오래 머무를 수 있을까?
과음한 내 붉은 피와 푸른 말들은
강의 깊이만큼 깊게
강의 길이만큼 오래 흘러가면서
누군가와 함께 타는 갈증을 풀 수 있을까?
비워지면 채워지고 채워지면 비워지는
이 경건한 의식의 순환을 끝내는 날까지

막힌 세면대 앞에서

고장 난 세면대 앞에서
국산이라고 저주한 것은
세계화의 노예가 부린 폭력이었던 것
시간의 비정한 채찍에 갈겨
세면대보다 먼저 망가져가고 있었던 것을
나는 미처 깨닫지 못했던 것이다

분노하고 절망하면서
중력을 거부한 머리카락들을 떼어내자
멈추었던 시간이 이내 달아난다
버림받은 머리카락들이
주인 모르게 스크럼을 짜고 있었던 것은
세상과의 작별이 두려웠던 모양이다

하혈하는 세면대를 보며
분노와 절망도 함께 쓸려가기를
간절히 소원하였다
이제 이 슬픔 끝나면
손의 힘을 조금씩 풀고
시간의 물길을 터주어야겠다

표어

전봇대 불조심 또 전봇대 산불 조심 가도가도 전
봇대 자나깨나 불조심 산천과 초목과 사람이 표어
속으로 들어갔다 마을 회관 담벽과 농협 창고에
달라붙은 표어들이 포박한 사람들의 주둥이를 벌
려 구호를 쑤셔 넣고 호들갑을 떨었다 표어에 감
금된 사람들이 추운 공화국의 벌판을 헤매다가 냉
동되었다 공화국이 여러 번 바뀌는 동안 냉동된
인간들이 일제히 성에를 털고 일어나 기지개를 켜
나 사거리의 현수막과 신문과 할인 매장과 공중화
장실 문짝으로 기어 오른 찬란한 수사가 무심한
사람들을 붙들어 차분하고도 끈질기게 뇌의 주기
억장치를 해부하고 자리를 잡는다 인간의 세포들
은 이상 기후에 의한 변종 탄생보다는 구호들의
합성과 나선형 구호들의 무한 번식으로 존재하고
있다 나의 변증법적 정신분열증은 이십일세기의
실험실에서 그렇게 배양되고 있다

이삭줍기 1995

가을걷이 끝난 논에서
제법 모가지가 싱싱한 이삭들을
즉흥적으로 주워 담는다
저런 놈들이 무슨 재주로
탈곡기로부터 자유로웠을까?
토실토실하게 물 오른 놈들이
시원찮은 손에 잡히어
'게헥 게헥' 구역질하다가
이윽고 비닐주머니에 수감된다
이런 놈들은
농협 '공판장'에 데려갈 것이 아니라
당장 쑥떡 찰떡으로 만들어야겠다고
기분 좋게 관리기에 싣는데
놈들이 또 헛구역질을 한다
'게헥 게헥'
십년이 지난 뒤에도
여전히 '게헥'거리는 놈들이 있다

그대는 저문 강에 가 보았는가?

저문 강에 가 보았는가?
들국화 꽃잎 처연히 떠가고
기러기떼 번호 붙여 구보하는
가을 어느 쓸쓸한 때
흐르는 물인 듯
갈대 흐느끼는 강에 가 보았는가?

달빛 투신한 강에서
갈대 정강이까지 차오르는 슬픔을 보았는가?
갈대의 가슴을 파고드는 설움을 보았는가?
저물녘 밀리고 밀리다가
고즈넉이 이른 잠을 청하는 갈대숲에서
숨죽여 우는 물이며 바람을 보았는가?

그리 한탄할 일을 저지른 것 없고
그리 내세울 명함 하나 없이
시간을 하류로 흘려보낸 그 사내가
저문 강의 갈대로 서성이는 것을
갈대의 아랫도리를 붙잡고 안기는 것을
그대는 보았는가?

팽이는 어디로 갔을까?

한울이와 루다와 예다가 컴퓨터 한 대를 놓고 순서를 정하는 경우의 수 여섯 가지를 ane고 있을 때 나는 그 난해한 묘수를 찾아 종이에 끄적거리다가 팽이를 찾는다

팽이를 깎던 아버지의 섬세한 손길이 분주하고, 나는 갈라진 볼과 손등에 분을 바르지 않은 채 전사처럼 의기양양하게 미나리꽝으로 나가면 역시 내게 뒤질 것 하나 없는 조무래기들이 하나 둘 모이고 얌전히 누워있던 팽이들이 벌떡 일어나 지구만큼이나 신나게 돌았다. 팽이가 남아돌고 동무도 푸짐하던 날에 소리란 소리, 웃음이란 웃음 다 모아 온 동네를 간질이면 동네도 함께 뱅글뱅글 춤을 추며 따라 도는 것이었다. 아버지는 유전 형질을 제대로 물려받아 겁 없이 지구를 수수만 바퀴나 돌리고 온 녀석이 의젓한 지 여분의 팽이를 깎아 윗목에 고이 두었다가 땔감 넉넉한 날에 함께 그 장한 놀이를 즐기던 것이었다.

비몽사몽간에 가만히 방바닥에 귀를 대면 윙 위잉 돌아가는 팽이 소리가 의식을 흔들어 깨우는데 어느새 순서를 점령한 루다의 웃음소리와 함께 컴퓨

터 기계음이 솔 향 그윽한 팽이 위에 산탄처럼 우수 떨어진다. 한울이가 책을 펴고 예다가 재롱을 떠는 동안 나는 종이 위에 흘린 침을 닦으며 저들과 함께 놀아줄 팽이를 찾으나 눈이 너무 침침하다. 원심력을 상실한 나의 모험이 늘 아버지 곁에서 빙빙 돌며 머무르는 동안 겨울은 언제나 따뜻하기만 했는데 경우의 수가 필요 없는 팽이는 도대체 어디로 갔을까?

단절

저 큰 소나무 베어지네
저 큰 소나무 쓰러지네
어떤 인정머리 없는 대세론이
거대한 손을 거느리고 와서
삽시간에 한 세기를 지우네
나의 집이 무너지네
나의 동무가 떠나가네
나의 놀이터가 헐리네
내 유년의 꿈이 담긴
타임캡슐이 사라지네
저 뿌리 깊은 자존심이
무릎을
꿇고 있네

소통과 불화

〝군사평론가 지만원씨, 이문열씨에 사과 요구〞

만원아 이 문 열어라
비슷한 넘 둘이서 놀고 자빠졌다
xxcam.co.kr
무료 70분 몸까고 캠
70분 동안 민희의 몸을 감상한다
개쉐이 10쉐이들
☞ 전생 ☜ ☞ 전생궁합 ☜ ☞ loveonly.niz.to ☜
조폐공사
노빠 나빠
웬 노빠? 또 그네 타고 있네 박똥구리
마눠니나 무녀리나
닭쳐!
둘다 주둥구리 ##할 끼다
샤브샤브 이 ㄱㅏ1ㅅㅏ1ㄲ1 친일파 아냐?

연어의 설

연어 떼가 서울을 빠져 나간다
병든 서울을 빛나게 하고
빛나는 서울을 병들게 하고
병든 서울에서 불치병을 앓던 연어들이
일제히 서울을 빠져 나간다
서울이여 안녕!

자동차를 낳고, 반도체를 낳고, 휴대폰을 낳고...
서울을 낳던
산란기의 연어 떼가
그 황홀한 산란을 멈추고 귀향을 한다
목적지에 다다르기 전
부부싸움을 하고, 주먹다짐을 하고,
세상과의 작별을 하면서
연어 떼는 그렇게 서울을 버렸다

사나흘 동안 행복했던 산후조리를 끝내고
남루한 곳의 특산물을 이고 진 연어들은
완전군장 차림으로 뒤돌아보고 또 돌아보며
아가리를 크게 벌린 서울로 비장한 발길을 돌렸다
연어 떼는 그렇게 고향을 버렸다

고향이여 안녕!
서울에는 도대체 무엇이 있길래

아버지의 잡기장을 훔쳐보다

검정염소색기 날 일자 92년 3월 30일날 어미염소 불붓친날 6월2일경에 붓치고 10월 29일앤 색기 날 것 91년 8월 9일 아침에 저근되지 불붓치고 1,5000원 주고 91년 10월 30일경에 검정염소불붓친날 뒷통에는 타이래놀 경남 합천군 노산맨은 99세된 할머이가 매누리가 75새다 90년 10월 8일 9일날 염소불붓친날 91년 3월8일 염소색기날날 염소 색기불붓친 날 90년 12월 20일경에 붓치고 황국밧보물꿈 90년 2월16일새벽5시경 음 1월 21일 혀랍동맥막킨대 국이자 뿌리가좃타 7월 29일 되지불내는대 못 부치고 넘겻다 95년 11월 노태우 사천억 숨게낫다가 잡혜감 사천 억

개똥녀전

장면 1 – 강아지를 데리고 지하철을 탄 여자
장면 2 – 개가 바닥에 개똥을 갈기다
장면 3 – 사람들, 개똥을 치우라고 재촉하다
장면 4 – 대꾸 없이 강아지의 항문을 닦는 여자
장면 5 – 사람들, 개똥을 치우라고 다시 재촉하다
장면 6 – 욕설을 섞어 반격하다가 강아지를 안고 달
아나는 여자
장면 7 – 할아버지와 아주머니가 개똥을 치우다
장면 8 – 인터넷에 개똥녀 전설이 오르다
장면 9 – 누리꾼들, 개똥녀를 비난하다
장면 10 – 누리꾼들, 개똥녀를 옹호하다
장면 11 – 온 누리꾼들, 설전을 하다가 개똥을 싸다

결과 해석 – 대한민국, 아직 관대하다
관대함에 대한 부연 – 개똥년이라 하지 않고 개똥
녀라고 하다
의문 – 그 많던 누리꾼들의 개똥은 누가 치웠을까?
답변 – 온 누리꾼들, 개똥에 파묻히다

신용회복위원회

한때 개인의 사상과 이념을 빼앗은 적 있는 국가가 추락한 개인의 신용을 회복해주겠다고 하는군요. 수갑과 고문으로 이념을 빼앗은 능력을 갖춘 국가이므로 서류 몇 장으로 신용을 회복시키는 것쯤이야 식은죽 먹기에 땅 짚고 헤엄치기겠지요. 국가는 전지전능하므로 본인도 모르게 꼭꼭 숨은 이념과 신용을 색출하고 그것들이 고개 숙일 때는 자비롭게 날개를 달아줄 수 있지 않겠어요? 아차, 그리고 보니 신용을 돈으로 환산하는 시대에 살면서 지금 해태마트를 들어가는 내 주머니에는 사만팔천원 어치의 신용밖에 없군요. 혹시 내가 신용 없는 인간인지 아닌지 월급통장을 확인해보아야겠군요. 과다한 신용불량, 국가에게 미안하거든요.

죄와 죄인

선한 자는 이렇게 말했다
'죄는 미워해도 사람은 미워하지 말라'
그러나 죄인 아닌 자 없으므로
그 말은 선한 자가 한 말이 아니다

선생은 이렇게 말했다
'나를 핍박한 자들을 이미 용서했다'
그러나 살아남은 선생의 용서는
죽은 자의 권한을 도용한 것이다

독재자는 부처를 빌어 말했다
'학살은 국가를 위한 국민의 소신공양이었다'
고문기술자도 덩달아 말했다
'기술은 이십세기 국가경쟁력이었다'

권력이 관념으로 실체를 살려내자
지나가던 무지렁이가 말했다
'전두환은 죄인이 아니지.
죄 세포로 이루어진 죄 자체야'

분뇨처리장

시민들에게 명령한다. 여기 와서 깨를 가득 퍼가기 바란다. 그리하여 모든 가정에 깨가 쏟아지기를 진심으로 바라노니...

먹히고, 씹히고, 찢기고, 갈려서 아낌없이 주고도 미련이 남아 섞이고, 보듬고 범벅이 된 그대들의 배설물이 출렁거리고 있다. 일찍이 생물과 무생물이 교배를 하고 동물과 식물이 한 종으로 섞여 푹 삭혀지다가 한데 엉긴 저 거무튀튀한 탁류 위에 반짝반짝 빛나는 영생불멸의 깨가 있다. 억만년을 갈고 닦아 고래 심줄과 호랑이 뼈까지 가루로 빻은 인간의 이빨로 저 조그맣고 연약한 깨 한 톨 못 빠개서 그 귀한 행복이 분뇨처리장에서 까무라치고 있는 것이다. 깨가 얼마나 사람을 우습게 여겼으면 그 비싼 것을 전투적으로 구입한 인간의 내장을 마음껏 염탐하다가 무사히 빠져나왔을까? 저렇게 무딘 창과 허술한 방패로 지구의 기운을 과식하는 인간들의 식탁에서는 여전히 깨가 쏟아지도록 안녕하신가?

안녕 못하실 인간들을 위하여 명령한다. 시민들은 서둘러 깨를 퍼가기 바란다. 그리하여 모든 가정에 깨가 쏟아지기를 바란다.

식용 방법까지 일러주노니. 먼저 습기를 잘 빨아들이는 신문지 위에 놓고 볕 좋은 곳에 말리되 장마 기간에는 안방에 군불을 넣고 말리는 것을 잊어서는 안 될 것이다. 다음은 방향제를 살짝 뿌려주고, 다 말린 깨는 시행착오를 거울삼아 미리 손바닥으로 비벼 놓기를. 마침내 기다리던 식사 시간이 왔을 때, 플라나리아보다 허약한 위를 가진 시민들아. 경건한 마음으로 울긋불긋한 찬 위에 듬뿍... 이하 생략.

태초에 미국이 있었다

미국이 천지를 창조하고
미국이 동정녀 지구로 하여금 인간을 탄생시켰으며
미국이 태양계를 명주실로 이어놓았으며
미국이 지구의 자전축이며
미국이 지구를 23.5° 기울게 하였으며
미국이 지구로 하여금 태양을 돌도록 사주하고 있으며
미국이 경우에 따라 지구를 직접 돌리고 있으며

미국이 인디언들에게 아메리카를 분양하였으며
미국이 백인들을 유럽으로 분가시켰으며
미국이 예루살렘을 건설하였으며
미국이 이슬람교를 창시하였으며
미국이 이라크에 석유를 매장하였으며
미국이 웅녀를 환웅에게 중매하였으며
미국이 노무현을 대통령으로 임명하였으며
미국이 한국을 월드컵 4강에 올려놓았으며

아, 미국!
전지전능한 신의 나라 미국
악의 축을 육자회담에 끌어들인 미국
양심이 봉인된 일본을 품에 안은 동병상련의 미국
쓰나미 기상이변을 일으킨 미국

지구인들에게 멀미약을 지급한 미국
과식한 지구를 돌릴 힘이 떨어지면 어쩌나
한국산 인삼, 김치
할 일 많겠네

실직자의 노래

광을 팔고 죽던 시절은 갔네
명예롭게 광을 팔고 죽던
그 애처로운 희망마저 가버렸네
누군가의 아량으로
한 번 저들과 섞일 수만 있다면
이 살얼음판에 저들과 함께
주연으로 배짱 한번 부려본다면
흑싸리 껍데기 석장을 들고
저들 면전에 맘껏 흔들 수만 있다면
그럴 수만 있다면
그렇게 한 무리가 될 수만 있다면
소처럼 개처럼
저 비정한 화투자본주의를 떠받들 텐데
글러버린 판의 구석에 쪼그려 앉아
저들의 호기를 기웃거리노라면
주머니 속의 먼지들이
땀에 묻어 들락거릴 뿐이나
나는 될 수 있는 대로
이 판에 오래 남아야겠다
광을 팔 수 없는 빈손으로
거지처럼 개평을 뜯어
돌아갈 때는

군고구마 값이라도 챙겨야겠다
패를 쥐지 못하고
흑싸리 껍데기도 없는 빈손으로

파업

파업을 해보고 싶어요
붉은 머리띠를 동여매고
우람한 어깨 사이로 연대의 짜릿한 쾌감을
눈물어린 안정감을
맛보고 싶어요
여론의 비난을 받는 귀족 노조 말고
측은하고 가련한 버러지 같은 노조라도
한 번 발을 담가보고 싶어요
골프채 대신 탁구대라도 설치해 주세요
휴식시간에 달콤한 흡연권을 주세요
처서를 넘긴 매미처럼 그렇게
나지막한 목소리로 웅얼거리고 싶어요

아니, 그런 게 아니고요
담배는 당장 끊겠습니다
매일 아침 정문에서 음주 측정해도 좋아요
월차 유급휴가라니요
시간외 근무수당으로 아내를 즐겁게 할 수만 있다면
저는 그렇습니다
저는 말하자면 일을 해보고 싶습니다
자전거 페달을 힘껏 밟아 출근을 하고
집에 와서 땀으로 빚은 술을 쬐끔 마시고

아내와 함께 월급통장을 들여다보며
영세민 아파트 탈출 계획을 세우고
부모님 추석선물과 형제계 분담금
아이들 다달학습지 구입도 의논해보고 싶어요

그러니까 나는
나의 이 건강한 몸을 사달라는 것입니다
우린 어차피 같은 종족이니까
머리도 꽤 쓸 만 하고요
고인돌로 무덤을 만든 종족의 후손이니까
힘이라면 뭐 남아돌아 걱정입니다
파업이라니요
노조라니요
귀족노조도 버러지노조도 바라지 않아요
근무조만 편성된다면
월급통장만 갖게 된다면
헐값에라도 팔려가겠어요
사시겠어요?

고통분담론

어부님
포경선을 몰고 오신다더니
어찌하여 저인망 어선을 드리우시나이까?

분리장벽

분리된 땅에 사는 사람들은 알리라
그만그만한 힘으로 맞서서
서로의 피를 짜는 그 아찔한 현기증을
그것은 그나마 짜릿한 위기인 것
산소호흡기를 뺀 어항 속에서
식물성 플랑크톤에 질식되어가는 어류를
아우슈비츠에 감금되었던 유태인들은
알고 있다
폐소공포증을 유발할 수 있는 지름길을
인간을 비인간적이게 할 수 있는 방법을
그들은 각인된 체험학습으로
요르단강 서안에서 생체실험하는 것이다
민중의 아버지 예수를 낳은
유태인들이 정말
정말로 유태인들이

여전사 와파 알 비스

멀리서 총을 겨눈 이스라엘 군인들이
배추벌레처럼 애처로운 한 여인을 에워싸고
스피커가 옷을 벗으라고 명령했다
흰 배에 검붉은 화상 흔적이 드러나는 순간
여전사 와파 알 비스는
바지 속에 감춘 줄을 잡아당겼다
그러나 이승과 저승을 잇는 폭탄 기폭장치는
두 번이나 거룩한 뜻을 외면했다
스물한 살의 가냘픈 처녀는 울었다
무엇이 서러워 우는지
군인들도 증거 테잎을 본 사람들도
스물한 살 식민지 처녀의 내면을
정확하게 읽을 수 없었다
상냥한 얼굴로 편의점에서 일을 하거나
교정의 나무 그늘에서 시를 감상하고
남자친구와 즐거운 한때를 보내면 좋을
그 아리따운 처녀는
죽어 조국의 원수를 응징하고자 했으나
영웅이 되지 못했을 뿐이다
다만 실패로 건진 것은
강철처럼 단련된 전사의 육신이거나
훗날, 그 어느 평화로운 날에 쓰일,
청춘이 감금된 목숨이었으니

개새끼들

저런 개새끼들은
아무 때나 짖어대고
아무데나 쏘다닌다

저런 개새끼들은
분별없이 주인을 물거나
심약한 처녀 종아리를 건들고
어린 아이 사탕 핥아먹고
게걸스레 먹고 배설을 하고
불륜을 저지르면서
종자 나쁜 새끼들을 퍼질러 놓는다

여의도 공원을 쏘다니거나
군 의회 앞마당에서 놀다가
마을 하천 공사장에서
뒷다리 하나씩 들고
저희가 개라고 자랑을 한다

발발이, 땅개, 삽살개가
쥐 만난 고양이 같다가도
놀 때는 한통속이다

아니!
저런 개 잡것들이

콘돌리자 라이스 여사와 함께

이게 누구란 말인가
세기의 여걸 미 국무장관 아니신가
오, 콘돌리자 라이스 여사!
머나먼 땅 '우범지대'*에 온 누이여!
내 짠한 여동생 금순이 같이
슬픈 족보를 간직한 여자
그러나 굳세고 굳세어서
나의 시름은 덜 하다네

북핵 긴장을 풀기 위해
잠시 우아하게 피아노를 연주하고
나와 함께 경쾌한 춤을 추기 바라는데
세계의 반항아들은 말하네
부시의 하녀라고
부시의 충견이라고
그런 불경스런 말을 지껄이네
나는 그들의 말에 귀를 닫았지만

* 크리스토퍼 힐 국무부 동아시아태평양 담당 차관보는 동북아 균
형자론을 곤혹스럽게(annoyed) 바라보면서 "한국은 동맹을 고수
해야 한다고 믿는다." 2005.5.18 라이스는 그보다 먼저 한국을
다녀감.

여사의 말은 내 귀에 또렷이 박혔네

엊그제 여사는 말했네
만만한 평양 남자 하나 골라
얌전하지 않으면 귀싸대기를 후려칠 거라고
또 여사는 분별없이 말했네
전과자의 후손 준이치로 고이즈미를
유엔 상임이사국에 취직시켜주겠다고
콘돌리자 라이스 여사!
여사의 먼 할아버지를 노예해안에서 끌고 간
노예상인의 후손들이 세운 나라를 위해
처녀림의 몸을 아끼지 않더니
가미가제로 조국의 진주만을 돌격하던,
영구적 보호관찰이 필요한 전과자에게
파출소장 자리를 선물로 준다 했네
편견과 굴종을 견뎌낸 인내심을 버리고
미운 놈 떡 하나 더 준다 했네

슬픈 족보를 넘어 세기의 여걸이 된 누이여!
당신과 함께 춤을 추고 싶었는데

당신의 감미로운 피아노 연주에
나를 온전히 맡기고 싶었는데

어이, 부시

어이, 부시
시방 자네가 하는 일이 얼마나 옹졸한 짓인지 아는가?
한국 무협 영화에 이런 말 많이 나온다네
원수를 원수로 갚지 말라는 말 말일세
바그다드에서 흘린 피는 뉴욕으로 흘러들고,
뉴욕에서 흘린 피가 카불로 흘러들어 돌고 도는데
이 사람아 또 바그다드에서 피 맛을 보는가?
그 비린내 풍기는 피가 그리 맛있어 두리번거리는가?

어이, 부시
시방 자네가 하는 일이 얼마나 철없는 짓인지 아는가?
한국 속담에 이런 말 있다네
미꾸라지 한 마리가 깨끗한 물 흐린다는 말 말일세
자네가 큰 소리 지르지 않고, 호루라기 불지 않아도
낮이면 밭에 나가 김을 매고, 밤이면 어김없이 아이도
잘 만드는데
왜 그리 철없이 동네방네 휘젓고 다니는가?
소치는 아이는 크로포드 목장으로 상기 아니 가고
말일세

어이, 부시
시방 자네가 하는 일이 얼마나 무례한 짓인지 아는가?

한국 속담에 이런 말 있다네
남의 제사상에 감 놔라 대추 놔라 참견하지 말라는 말
말일세
아이들은 싸우면서 크고, 부부싸움은 칼로 물 베기라는데
푸들같이 쪼르르 달려가 부추기고 쥐어박다니 이 사람아
자네가 알다시피 한국에서는 염치만큼은 국산이라서
싸우다가 정 드는 일에 차마 간섭하지 않는다네

어이, 부시
시방 자네가 하는 일이 얼마나 허망한 짓인지 아는가?
한국 공중 화장실 벽에 이런 낙서 적혀 있다네
공든 빌딩 무너지고, 십 년 전쟁 도로아미타불이라는
말 말일세
자네가 접수한 전리품들이라고 영원히 온전하겠는가?
공짜로 얻겠다던 석유가 여러 나라 살림 거덜 내겠네
자네 그러면 안 되네 발 너무 오래, 깊이 들여놓으면
안 된다네
초토화시킨 사막에서 돋는 풀은 맹독성이 있다네

어이, 부시
그러지 말았어야 했다네 앞으로도 그러지 말아야 한다네

한국에서는 남의 차 기름 빼어 자기 차에 넣은 자 잡혀갔다네
싸움 말리다가 싸운 사람도 여럿 콩밥 먹었다네
따돌림 시키다가 따돌림 당하고, 줄 세우다가 항명 받은 조폭도 많다네
풍신수길이도 오래 전에 이순신한테 혼쭐나서 집으로 쫓겨갔다네
어서 돌아가시게 식구들이 칠면조 요리 해놓고 기다리지 않겠나?
식겠네

금 모으기 운동

나락을 수매하던 농협 창고 앞에서
금을 수매한다
언제 어디서 캐 모았는지
쌀알같이 쏟아지는 금붙이들이
상류부인의 보석목걸이같이 빛난다
서울 금과 색깔 같은 것들이
서울 금보다 앙탈 덜 부리고
외국 입양 절차를 차근차근 밟는다
회갑 반지까지 왜 가져왔느냐고
먼저 죽은 영감 가락지는 놔두라고
인파속에서 소란이 인다
감정사 앞에 선 노인 한 분
감정사의 과한 칭송에
씨익 웃으며 입을 가리는데,
숨은 금이빨이 반짝거린다
"할아버지, 금니는 괜찮아요."

혼돈의 시대와 상처받은 한 영혼의 기록
- 이성룡의 시세계에 대해

이승철(시인, 민족문학작가회의 이사)

1

이성룡 시인은 지난 2003년에 첫 시집 『서풍에 밀려온 아프로디테』 출간 이후 2년 만에 다시 두 번째 시집을 상재하게 되었다.

첫 시집에서 그는 '술'에 대한 담론과 그가 겪은 사랑과 삶의 편린이 가져다 준 아픈 흔적 그리고 현실과 불화하는 시적 자아의 모습을 그 나름의 언어로 우리에게 보여준 바 있다. 무엇보다도 내가 그의 첫 시집을 보면서 느낀 것은 술에 대한 찬미와 예찬을 끈덕지게 물고 늘어지는 그 집요함이었다. 나 또한 스무 살 청춘의 시절부터 술 백 잔의 고행으로 하루 햇살을 마감하던 숱한 나날들이 있었건만 제대로 된 술 이야기를 한 번도 시로 써보지 못했다. 그러나 그는 첫 시집에서 '청춘을

술과 더불은 죄’(「다시는 술 마시지 못하는 나라」)로 살아온 삶의 이력을 직정의 언어로써 보여주었다. 그러나 그것은 단순한 주사(酒詞)로 읽히지 않고, ‘얼마나 많은 눈물로 술을 빚’어내야만 했던 그 불화의 상처와 고행의 역정을 드러내기 위한 시적 미학으로 읽혔다.

또한 이성룡 시인은 ‘무엇을 사랑하고/간절하게 그리워한다는 것은/희미한 추억/그리고 잔인한 패배이다’(「몽정」)라는 인식의 끈 속에서 끊임없이 배회를 멈추지 않으면서 옛사랑과 바보같은 사랑에 대한 몽환적 연시(戀詩)를 직정적으로 토로하기도 했다.

그러나 무엇보다도 이성룡 시인의 시인됨을 확인케 한 작품은 현실에 대한 날카로운 풍자와 해학의 미학이 돋보이는 작품들이었다. 이 시인의 시어가 때론 너무나 쉽고 평이하여 세상을 바라보는 시인의 긴장감이 너무 떨어지지 않는가 라는 오해를 불식시키는 작품들이 첫 시집의 구석구석에 때론 사금파리처럼 틀어박혀 빛을 발하기도 한다. 「가지치기」, 「뒤바람」, 「투항」, 「혼돈」 등의 작품에서 그는 ‘강물은 첫사랑처럼 넘치고/강둑은 이념처럼 무너진’(「강둑은 무너지고」) 현실, 다시 말해서 그가 젊은 날 꿈꾸었던 혁명이 좌초된 현실의 부박함 속에서 세기말처럼 멀미를 거듭하는 한 청춘의 고해성사를 보여준다.

특히 그는 서울의 어두운 풍속도를 담아낸「혼돈」이라는 시에서 자본의 물신주의 굴레에서 허덕이며 고통받는 인간군상과 자본의 종주국, 세계의 경찰국가를 자처하는 미국이라는 나라의 허상을 보기 좋게 질타하였다. 그와 함께 가공할 속도주의와 거대한 물신주의 아래 허우적거리는 서울이라는 곳의 혼돈적 삶의 허상과 실상을 너끈한 품새로 보여줌으로써 이 시인이 지향하는 바를 우리에게 깨우쳐 준 바 있다.

2

이러한 그가 첫 시집을 선보인지 2년 만에 60여 편의 시를 가지고 두 번째 시집을 세상에 내놓으려고 한다. 2년 만에 다시 시집을 펴낸다는 것은 이 시인이 세상에 대한 고민과 자기 미학의 지점을 놓지 않으려고 몸부림친 흔적이라고 말할 수 있겠다. 허나 시적 긴장과 말의 성찬이 첫 시집에 비해 떨어진다면 좀더 충분한 시간을 가질 법도 하겠으나 이 시인의 표현 욕망은 매우 절실한 것 같다.

"왜 시인은 지금, 시를 쓰는가?"라는 질문은 시인 자신이 하루에도 몇 번씩이나 되새김질하는 명제이다. 인간은 태어나면서 수많은 체험을 겪게 된다. 존재의 밑둥에서부터 현재적 삶의 지점에 이르기까지 인간이기에 겪는 수많은 체험은 우리 몸뚱이 속에 내장되어 차곡차곡 쌓이게 마련이다. 인간 존재의 출생이 가져다주는 선험적, 역사적 체험이 있는가 하면 사람이 사회적 성장과정을 거치면서 겪는 인간과 인간 사이에서 벌어지는 온갖 종류의 사회적 체험이 육체의 그릇 속에 쌓인다. 또한 우리는 개개인의 삶의 충돌 과정에서 겪게 마련인 복잡 미묘한 대자적 체험으로 일상을 보낸다. 그러나 거기서 겪는 그 모든 소회와 정한적 심정을 일상적 말과 대화로써 다 풀어 낼 수 없기에 우리는 못 다한 말에 대한 미련을 갖게 마련이다.

　이러할 때 인간은 글이라는 형식으로 자기 존재의 이면을 남기고 싶어 한다. 그리고 그것을 좀더 그럴 듯하게 혹은 미학적으로 표현하고픈 욕망으로 인해 압축과 비유, 긴장과 묘사라는 시적 형식을 빌려 자신의 내면세계를 밖으로 쏟아낸다. 말하자면 시를 쓰는 시적 자아는 지상 밖으로 돌출시키지 않으면 안 될 뜨거운 불덩어리를 품에 안고 사는 사람이라고 할 수 있다. 그러므로 그 사람의 내면은 욕망과 정한, 못 다한 꿈의 상처, 혹은 갖고 싶은 것을 갖지 못하기 때문에 생기는 울분과 콤플렉스로 방황하지 않을 수 없다. 육체의 자루에 하루하루 그것들은 고스란히 채워져 가기 때문에 살속 뼛속에 아로새겨진 이것을 토해내고

자 시인은 끊임없이 자기 내면을 응시하면서 시라는 것을 창작한다.

이성룡이라는 시인도 그런 뜨거운 사람이다. 이번 두 번째 시집을 통해 그의 첫 시집이 추구하는 시 정신에 크게 벗어나 있지 않지만, 자세히 보면 그 생각의 진폭이 넓어지고, 그가 다루고자 하는 시적 대상의 무늬가 다양해졌다는 점을 발견할 수 있다. 또한 그는 시적 상상의 거처를 탈속이 아닌 저잣거리에 놓고서 존재의 초월을 꿈꾸기보다는 비루한 삶의 일상 속에서 생의 진실을 터득하고자 한다.

이때 그가 선택하는 시적 언어는 대체로 소통이 가능한 평이한 언술이 자주 눈에 띈다. 말하자면 시적 화자가 토해내는 시어는 요즘 난무하는 현대시의 기교적 찰나의 어지러움에 비교하면 순정할 정도로 전통적 수법을 고수하고 있다. 이 때문에 이성룡의 작품은 때론 더 진지하고도 더 엄격한 시적 성찰과 이것을 관철하기 위한 새로운 시적 표현기법을 요구하기도 한다. 허나 시력 30년에 이르는 한국시단의 중진시인들도 요즘 발표되는 시인들의 소통불능의 언어 형식에 불만을 토로하는 걸 보면 일단 이성룡의 시는 독자들에게 편히 잘 읽힌다는 점에서 최근 한국시단의 병폐에 대한 우려를 씻게 해주기도 한다.

3

　이성룡이 이번 시집에서 일관되게 보여주고 있는 시적 세계는 시적 자아를 감싸고 있는 사물과 대상 그리고 인간 등 자기존재의 이면과 끊임없이 충돌하고 있는 불화의 세계관에 여전히 머물러 있음을 알 수 있다. 그리고 그 불화는 이 세계를 지배하는 혼돈의 질서, 카오스적 현상과 몰가치한 현실세계에 대한 그 나름의 애달픈 몸짓의 반응이기도 하다. 이 때문에 그의 정서적 지향점은 첫 시집의 세계와 크게 비켜나 있지 않다.

　특히 첫 시집에서 일부 보여준 바처럼 사회적 상상력으로 단련된 시적 태도와 방향성에 대해 나는 평가하지 않을 수 없다. 세상을 온전한 생명과 평화의 세계로 만들지 못하도록 일조하고 있는 반생명, 반평화의 실체에 대한 탐구는 그의 작품 곳곳에서 드러난다. 그와 함께 지금 이곳의 현재적 삶의 비밀과 그 상처에 대한 진단과 처방은 어찌 보면 첫 시집의 세계보다 진일보한 것이다.

①

……음 1월 21일 혀랍동맥막킨대 국이자 뿌리가좃타 7월 29일 되지불내는대 못 부치고 넘겻다 95년 11월 노태우 사천억 숨게낫다가 잡혜감 사천 억

– 「아버지의 잡기장을 훔쳐보다」 중에서

②

만원아 이 문 열어라
비슷한 넘 둘이서 놀고 자빠졌다
노빠 나빠
웬 노빠? 또 그네 타고 있네 박똥구리
마눠니나 무녀리나
닭쳐!
둘다 주둥구리 ##할 끼다
샤브샤브 이 ㄱㅐ ㅅㅐ ㄲㅣ 친일파 아냐?
'나와 세상이 통하는 곳'ⓒ중앙일보& Joins.com, 무단 전재 및 재배포금지-

　　　　　　　　　　　　　　- 「소통과 불화」 중에서

③

한때 개인의 사상과 이념을 빼앗은 적 있는 국가
가 추락한 개인의 신용을 회복해주겠다고 하는군
요.(…중략…) 지금 해태마트에 들어가는 내 주머
니에는 사만 팔천 원 어치의 신용밖에 없군요. 혹
시 내가 신용이 없는 인간인지 아닌지 월급통장을
확인해보아야겠군요. 과다한 신용불량, 국가에게
미안하거든요.

　　　　　　　　　　　　- 「신용회복위원회」 중에서

④

어이, 부시
시방 자네가 하는 일이 얼마나 철없는 짓인지 아는가?

114

한국 속담에 이런 말 있다네
미꾸라지 한 마리가 깨끗한 물을 흐린다는 말 말일세
자네가 큰소리 지르지 않고, 호루라기 불지 않아도
낮이면 밭에 나가 김을 매고, 밤이면 어김없이 아
이도 잘 만드는데
왜 그리 철없이 동네방네 휘젓고 다니는가?
소치는 아이는 크로포드 목장으로 상기 아니가고
말일세

- 「어이, 부시」 중에서

　　이성룡 시인은 이 시집 제4부에서 한때 일국의 대통령을 지낸 사람이 그 지위를 이용해 사천억 원을 갈취한 사실을 아버지의 잡기장을 통해 보여준다. 즉 물신주의에 사로잡혀 가치관이 전복된 이 세상의 한 단면을 돼지를 키우며 사시는 아버지의 잡기장 서술을 통해 너끈히 풍자해준다(인용시 ①). 또한 인터넷 시대가 가져다준 상호배타적 이데올로기가 판을 치는 소통불능의 단절의 벽- 그것은 타인의 생각과 논리를 인정치 않고 자기 주장만이 옳다고 생각하는 편견적 도그마에 대한 고발이면서 모국어가 무참히 파괴당하고 있는 실상(인용시 ②와 「개똥녀전」)에 대한 증언이기도 하다. 또한 그는 생태계가 파괴되는 이 땅의 현실

(「단절」)과 작금 우리사회의 문제로 등장한 실직자의 고통(「실직자의 노래」, 「파업」)과 신용불량자 문제(인용시 ③) 그리고 IMF 당시 금모으기 운동에 대해서도 뼈 있는 언술을 보여준다. 그러면서 그는 세계경찰국가를 자처하지만 실상은 세계평화를 파괴하고 있는 미국이라는 나라의 허상, 그 중에서도 조지 부시의 반평화적, 반생명적 작태(「태초에 미국이 있었다」, 「콘돌리자 라이스 여사와 함께」, 「어이, 부시」)를 통렬한 풍자와 야유의 언어로 일갈하는가 하면 이스라엘과 팔레스타인 문제(「여전사 와파 알 비스」) 등 국제적인 문제에까지 자신의 시적 시야를 전방위적으로 확장시키고 있다.

4

　2천 년대 이후 한국시의 큰 흐름으로 여성시인의 전면적 등장과 환경생태 문제에 대한 생태시의 대세적 흐름을 흔히 언급한다. 특히 지난 시대 이른바 개발독재의 여파로 환경문제가 인간의 삶을 억압하는 형태로 노정되자 시인들은 너나없이 이 문제를 심각한 자기문제로 인식하게 되었다. 물론 생태시의 등장이 한국시단에 끼친 병폐도 적지 않다는 지적도 제기되고 있지만 그래도 대자연과의 친화의 세계를 노래한다는 것은 조선 5백년 이래로 한국시의 빼놓을 수 없는 면면한 흐름이었다.

이번 이성룡의 시집 제1부는 인간의 욕망과 길항관계에 놓인 환경생태계 문제와 대자연과의 친화, 신생의 푸르름을 노래하는 시편들로 채워져 있다. 또한 시인 자신의 고향 마을의 계절적 순환 즉 봄, 여름, 가을, 겨울의 사계절의 순환 속에서 발견한 감성적 편린이 녹아 있다.

예컨대 봄의 생동을 '피의 순환을 끝낸 억새잎들은/저의 생을 아직 빛나는 듯이/겨우내/산야를 두루/마실 도는 것'(「봄빛 푸르러」 중에서)이라고 표현하는가 하면 시골의 한가한 여름 풍경을 보다가 '이빨 서너 개 난 아이와/이빨 서너 개 남은 노인들이/사장나무 그늘에서 놀고 있다/마을이 나른하여/입을 굳게 다문 여름 오후'(「여름 풍경화」 중에서)에 눈썰미를 들이밀다가 이내 '나무가 경련을 일으킨다/진한 사랑이 끝나고/나무는 허전한 것이다/생의 빛나는 한때를 보내고/나무의 실핏줄은/저의 매력을 바람에게 맡기는 것이다'(「가을나무」 중에서)라고 대자연의 화통적 삶을 바람과 노니는 나무들에게서 발견한다.

1부에 실린 시편들 중에서 어떤 작품보다 나에게 눈길이 쏠리는 작품은 「폐가」와 「수국」이라는 시였다. 요즘 흔히 시골마을에 가면 눈에 뜨게 늘어나는 것은 인간이 도회지로 떠나버린 탓에 여기

저기 텅 비어 있는 폐가 풍경일 것이다. 사람의 체온과 손길이 끊긴 폐가는 '소소리바람 일 때마다/금의환향의 깃발'을 꿈꾸고 있다라고 그는 말한다. 이어 그의 시적 언술은 '늙은 기와지붕 위/가녀린 풀이/초연히 금관을 썼다'라는 표현으로 인간이 떠나가버린 폐가 풍경의 황량함을 더해 준다. 그리고 시인은 사물을 비극적으로 바라보지만 거기서 함몰되지 않고 대자연의 풍광 속에서 생명의 원초적 본능을 발견하기도 한다. 예컨대 다음과 같은 시는 시적 대상에 대한 긴장감이 잘 표현돼 있어 우리의 눈길을 끈다.

민낯의 단발머리 소녀들이
울 밑에 모여 앉아
살포시 소곤거리고 있다

햇살이 볼을 어루만지고
미풍이 머리카락을 쓰다듬을 때마다
실핏줄이 터질 것 같다

몽어리 맺혀
푸르딩딩한 통증이
몽환주사처럼 잽싸게 번진다

시름겨운 사람 하나

푸른 순수 앞에
잘못 섰다

―「수국」 전문

　화장기 없는 자연 그대로의 수국의 모습을 이 시인은 '민낯의 단발머리소녀'라고 비유한다. 그렇기 때문에 순수한 그 수국의 모습을 본 시적 자아는 마치 몽환주사를 맞은 것처럼 푸르딩딩한 통증을 유발하는 감격에 몸을 떤다. 허나 시인은 그 수국의 자태와는 달리 세상사 세파에 찌든 자신의 얼굴을 문득 발견하고 푸른 순수의 꿈을 상기시켜 낸다. 별다른 수식을 동반하지 않고서도 대자연과의 친화의 세계를 꿈꾸는 이 시인의 순정한 마음을 우리는 읽을 수 있다.

5

　이 시집의 제2부와 제3부에 관통하는 정서적 지향점은 무심코 지나치는 일상 속에서 뭔가 진실의 꼬투리를 발견하고자 하는 시인의 마음일 것이다. 그러기에 제3부에 실린 시편들에는 때론 자질구레한 삶의 편린들이 별다른 여과장치 없이

즉물적으로 드러나 있다.「항문」,「세탁기」,「집」,
「소리」,「술이 내게로 왔다」,「막힌 세면대 앞에
서」 등의 시편을 통해 시인은 비루한 일상에 간
힌 자아를 질타하거나 혹은 자신의 삶의 태도를
반성한다. 청춘의 열정으로 방황하면서도 때론
‘무욕의 길’을 찾고자 하나 ‘기억에도 희미한 청춘
의 연대기는/늙은 창녀의 탁한 음성같이/슬프고
남루하다’(「소리」)고 그는 말하고 있으나 그럼에
도 불구하고 자신의 집에 안주하고픈 마음을 드
러내 준다.

이 시집의 2부는 사랑의 고해성사로 가득 차 있
다. 사랑을 통해 날마다 새로워짐을 발견하고자
하는 시인이기에 그는 ‘허물에 영혼을 불어넣는 당
신’을 찾아 사랑의 연가를 부르고 있다. 첫 시집에
서 보여준 바처럼 이 시인은 ‘지나간 절망의 연대’
에 대한 회상이 강하면 강할수록 사랑에의 끈덕진
집착을 보여준다. 그의 이런 집착과 몰입은 ‘그대
를 만나 붉은 눈을 뜨고/한 사람으로부터 만 가지
를 얻게’ 되었기 때문인지도 모른다. 그러나 그 사
랑은 항상 기쁨의 실체로만 존재하는 것이 아니기
에 ‘배롱나무 꽃잎이 몸서리치는 날’ 그는 사랑의
대상을 만나지 않고 그냥 돌아오기도 한다. 아울러
잃어버린 그 한마디 말에 사로잡힌 자신의 실어증
에 괴로워하거나 ‘흰 새가 되어/비상을 꿈꾸는’ 한
떨기 목련의 자태를 꿈꾸기도 한다.

그러나「너의 감언이설」, 「꽃을 바침」이라는 시
편에서 볼 수 있듯 사랑에 몰입하는 창작 주체가
표출해 내는 사랑에 대한 형상언어가 절제의 미학
에 균형 잡히지 못할 때 그것은 신파조의 연시(戀
詩)에 함몰되고 만다. 그러할 때 우리는 시인의 형
상 언어 속에서 진지한 삶의 성찰을 찾아내기 어
렵다. 사랑과 연애 또한 인간이 살아가는 삶의 한
방법이기 때문이다.

흔히들 말하기를 시인은 어린아이의 해맑은 웃
음 속에 감추어진 피맺힌 울음의 이면을 찾아나서
는 사람이라고 한다. 이 말은 시인이란 어찌 보면
보통사람들과 일견 다른 상상력의 소유자이라는
뜻이기도 하다. 시인은 늘상 마주치는 대상과 사
물 그리고 사람에 대한 그리움과 사랑의 감성을
자신의 시에 표현한다고 할지라도 시인 자신이 상
투성을 벗어나지 못한다면 독자들에게 삶에의 새
로운 긴장을 안겨줄 수 없다. 모름지기 한 편의
시란 규격화된 화폭과 상투화된 감성에 대한 팽
팽한 도전으로 가득 차있어야 한다. 그러할 때 이
세계에 대한 새로운 진실에 우리는 눈을 뜨게 되
기 때문이다.

시인 자신만의 독창성과 새로운 사랑의 미학이
배태되지 못한 연시는 그저 그렇고 그런 애증의
편린만을 보여줄 뿐 진진한 감동을 우리에게 선사
할 수 없다. 한 편의 시란 표현대상과 주, 객관적

현실에 대한 욕망의 그림자만이 아니라 그 이면에 숨겨진 생의 본질까지 터득케 하는 깨달음을 던져주어야 옳다. 그런 의미에서 나는 이 시집에 실린 몇몇 시편들에 대해서 새로움, 독창성, 개성 그리고 이 세계에 대한 진지한 성찰과 탐구라는 측면에서 전적으로 동의할 수만은 없는 시적 태도를 발견한다. 이 점은 앞으로 이성룡 시인이 진지하게 고민하고 극복해야 할 부분이다.

지금까지 나는 이성룡의 두 번째 시집에 관통하는 시정신과 이 시인이 형상화하고자 하는 정서적 지향점에 대해 살펴보았다. 무엇보다도 이성룡 시인이 이 시집에 혼재되어 곳곳에 나타난 바처럼 전라도 고흥이라는 궁벽진 시골에 머물면서 이 정도의 사회적, 정치적 상상력을 지닌 작품을 써왔다는 점에 대해 나는 경이롭게 생각한다. 난마처럼 얽힌 혼돈의 시대, 불온한 현실의 증후를 나몰라라 하지 않으면서 그만의 독특한 화법으로 상처받은 영혼의 기록을 그는 이번 시집을 통해 보여주고 있는 것이다.

그의 시적 언어는 평이하되 그 속에서 자기 존재의 근원성을 찾아나서는 고심어린 상처의 내면이 담겨져 있기에 그의 정진을 또한 기대하지 않을 수 없다. 특히 이 시집 곳곳에서 보여주는 자본과 폭력이 지닌 몰가치적 현상과 바로 그러한 불모적 현실에 맞서 대항하려는 시적 자세는 계속

견지해주기를 나는 희망한다.

끝으로 이성룡 시인의 다음과 같은 시는 인간 삶에 대한 존재론적 각성과 자기존재에 대한 근원적 성찰을 담아낸 신경림 시인의 대표작「갈대」 시편을 연상시키는 바 독자들에게 일독을 권하고 싶다.

저문 강에 가 보았는가?
들국화 꽃잎 처연히 떠가고
기러기떼 번호 붙여 구보하는
가을 어느 쓸쓸한 때
흐르는 물인 듯
갈대 흐느끼는 강에 가 보았는가?

달빛 투신한 강에서
갈대 정강이까지 차오르는 슬픔을 보았는가?
갈대의 가슴을 파고드는 설움을 보았는가?
저물녘 밀리고 밀리다가
고즈넉이 이른 잠을 청하는 갈대숲에서
숨 죽여 우는 물이며 바람을 보았는가?

그리 한탄할 일을 저지른 것도 없고
그리 내세울 명함 하나 없이
시간을 하류로 흘려보낸 그 사내가
저문 강의 갈대로 서성이는 것을

갈대의 아랫도리를 붙잡고 안기는 것을
그대는 보았는가?

　　　　　－「그대는 저문 강에 가 보았는가?」 전문